# I See The World

By Tom Luna • Illustrated by Christina Song

# Yo veo el mundo

Escrito por Tom Luna • Ilustrado por Christina Song

Lectura Books
Los Angeles

Do you see a furry rabbit, a mole,
a badger, red ants? Where are the lizards,
yellow snakes, rocks, and the groundhog?

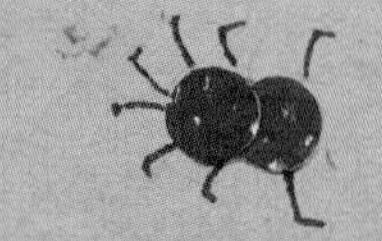

*¿Ves al conejo de pelo esponjadito,
al topo, al tejón y a las hormigas rojas?
¿Dónde están las lagartijas, las serpientes
amarillas, las rocas y la marmota?*

Do you see trees, leaves, flowers, butterflies, and birds singing?

*¿Ves árboles, hojas, flores, mariposas y pájaros que cantan?*

Do you see clams, jellyfish, kelp, coral reefs, starfish, feathery flowers, and sea urchins? What else do you see?

*¿Ves almejas, medusas, algas, corales, estrellas de mar, flores con pétalos como plumas y erizos de mar? ¿Qué más ves?*

Where is the bike, the car, the hammer, the saw, the screwdriver? I see a pair of scissors, a ruler, a ladder, and a window.

*¿Dónde está la bicicleta, el coche, el martillo, el serrucho, el desarmador? Yo veo unas tijeras, una regla, una escalera y una ventana.*

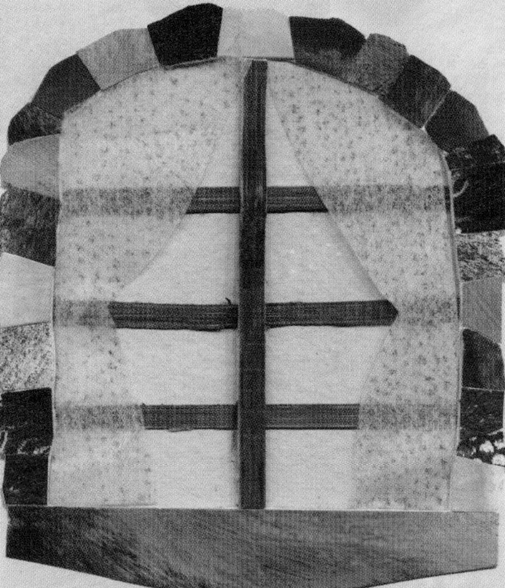

Do you see the ocean, umbrellas, a beach ball, surfboards?
I see the clouds, kites in the air, and sailboats on the water.

*¿Ves el mar, las sombrillas, la pelota de playa y las tablas de surf?*
*Yo veo las nubes, los papalotes en el cielo y los veleros en el agua.*

I see a red barn, a pig, a rooster. Where is the cow, the horse, the sheep, the haystack, and the fence?

*Yo veo un granero rojo, un cerdo y un gallo. ¿Dónde está la vaca, el caballo, la oveja, el pajar y la cerca?*

I see a football, a basketball, a teddy bear. Can you find a doll, a rug, a treasure chest, books, alphabet blocks, and crayons?

*Yo veo una pelota de fútbol americano, una pelota de baloncesto y un oso de peluche. ¿Puédes encontrar la muñeca, la alfombra, un cofre de tesoros, los libros, los bloques del alfabeto y los crayones?*

B
A

Do you see a pool, bushes, a tree with a swing, a garden hose? Where is the apple tree and the bluebird in a bath?

*¿Ves una alberca, unos arbustos, un árbol con un columpio y una manguera? ¿Dónde está el manzano y el pájaro azul en la pila?*

I see a swing, a slide,
a seesaw. Where are
the monkey bars, the
bench, and the house?

*Yo veo un columpio, una*
*resbaladilla y un sube y baja.*
*¿Dónde está el pasamanos,*
*el banco y la casa?*

I see the moon and the stars and a spider web. Show me the fireflies, a stream, a deer, a hawk floating in the air, and an owl sitting in a tree.

*Yo veo la luna y las estrellas y una telaraña. Enséñame las luciérnagas, el arroyo, el venado, el halcón flotando en el aire y el búho sentado en el árbol.*

# Vocabulary - Vocabulario

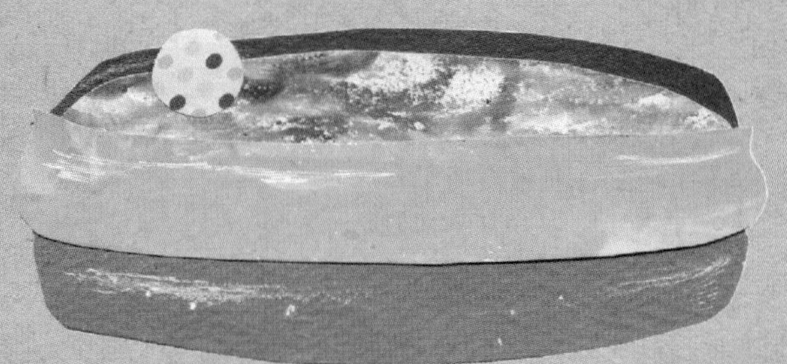

Pool - alberca

Sailboat - velero

Butterfly
mariposa

Rabbit - conejo

Owl - búho

Umbrella - sombrilla

Window - ventana

Ruler - regla

Snake - serpiente

Starfish
estrella de mar

First edition

Publisher's Cataloging-In-Publication Data
(Prepared by The Donohue Group, Inc.)

Luna, Tom.
I see the world / by Tom Luna ; illustrated by Christina Song =
Yo veo el mundo / por Tom Luna ; ilustrado por Christina Song.

p. : ill. ; cm.

Bilingual. Parallel text in English and Spanish.
Summary: The wonder of the world is seen through the eyes of a child. Whether under the earth, under the sea, or outside in our backyard, the world is filled with beauty, animals, toys, and the joy of seeing what the world has to offer.
ISBN: 978-1-60448-019-1 (hardcover)
ISBN: 978-1-60448-020-7 (pbk.)

1. Aesthetics--Juvenile literature. 2. Nature--Juvenile literature. 3. Vision--Juvenile literature. 4. Aesthetics. 5. Nature. 6. Vision. 7. Spanish language materials--Bilingual. I. Song, Christina. II. Title. III. Title: Yo veo el mundo

BH220 .I74 2011
111.85 [E] 2011937640

**Lectura Books**
1107 Fair Oaks Ave., Suite 225, South Pasadena, CA 91030
1-877-LECTURA (532-8872) • lecturabooks.com

Printed in Singapore